Michael Freidank

Schimpfen und Drohen auf Kanakisch

Isch hol mein Brudern!

Eichborn.

Die Deutsche Bibliothek – CIP-Einheitsaufnahme
Freidank, Michael:
»Isch hol mein Brudern!« : Schimpfen und Drohen auf Kanakisch /
Michael Freidank. - Frankfurt am Main : Eichborn, 2002
ISBN 3-8218-2502-2

Lektorat: Judith Schneider
Umschlaggestaltung Christiane Hahn unter Verwendung einer
Fotografie von Turhan Ergel
Druck und Bindung: Fuldaer Verlagsagentur, Fulda
ISBN 3-8218-2502-2

Verlagsverzeichnis schickt gern:
Eichborn Verlag, Kaiserstraße 66, D-60329 Frankfurt am Main
www.eichborn.de

Inhalt

Produzier misch net!

Vorwort

Schimpfen ist das A und O der kanakischen Gesprächsführung. Und in keiner anderen Sprache lässt es sich besser und ungehemmter schimpfen als im Kanakischen. Dank des Wegfalls sämtlicher Tabus hat sich hier eine ganz neue Schimpf-Qualität entwickelt. Endlich darf man mal alles sagen, was einem in den Kopf kommt. »Schwuler Spast«, »Hurensohn« oder »Wixer« sind nur einige Beispiele aus dem schier unerschöpflichen Fundus. Und das Schöne ist: Fast alle Ausdrücke sind beliebig kombinierbar und gewinnen durch ständiges Wiederholen an Gewicht. Also, lassen Sie ihrer Wut freien Lauf!

Viel Erfolg beim Schimpfen und Drohen wünscht

Michael Freidank

Unverzichtbares Vokabular, alphabetisch

absteschn

arschficken

Arschn

Arschnloch

Bastard

Brudern holen

Dreckspast

ficken

Fotzn (nennt man nur Frauen)

Fresse haltn

Fresse haun

Homostrischer (nennt man nur Männer)

Hure (nennt man nur Frauen)

Hurensohn

kalt machen

kicken

Krankenhaus machen

Missgeburt

Penner

Scheissndreck

Schlampe (nennt man nur Frauen)

Schwans abscheiden

schwul

Spast

stinken

verpissen

Wixer

wixn

Beschimpfungen und Drohungen

Die kanakische Sprache eignet sich hervorragend zum Beschimpfen. Alles ist erlaubt und kann dem Gegenüber hemmungslos ins Gesicht gesagt werden. So verschaffen Sie sich schnell den nötigen Respekt – Sie müssen nur besser sein als Ihr Gesprächspartner. Wichtig ist, dass man beim Schimpfen nicht wortwörtlich das meint, was man sagt. Wer jemanden als »schwul« bezeichnet, meint nicht, dass dieser homosexuell sei, sondern einfach, dass er »weich« ist. Die Bedeutung der kanakischen Schimpfworte hat oft jeglichen Bezug zum hochdeutschen Ursprung verloren. Nachfolgend sind die wichtigsten Beschimpfungen und Drohungen mit Übersetzung aufgelistet.

Du Bastard, isch fick dich, isch schwör!

Dich Depp, dich mache ich fertig.

Du bist schwul, Alder!

Du bist ein Weichei.

Du bistn schwuler Spast, Alder!

Du bist ein richtiger Vollidiot.

Hier, was war dem gestern fur Scheissndreck?

Hör mal, was du da gestern gemacht hast, fand ich nicht so toll, um ehrlich zu sein.

Du bist krasse Missgeburt, Alder!

Du bist so blöd, das kannst du dir gar nicht vorstellen.

Isch piss dir in Kopp rein!

Du kannst mir doch nicht das Wasser reichen.

Du Spast, isch hau dir in Fresse rein!

Ich haue dich gleich, wenn du so weiter machst.

Produzier misch net!

Provoziere mich nicht.

Isch hol meim Brudhern!

Pass auf.

Halts Maul, sons steschisch dich ab, Alder!

Mach das nicht noch mal, sonst werde ich unangenehm.

Isch schwör, du Bastard, isch mach dich kalt!

Am liebsten würde ich dir jetzt eine runterhauen.

Alder, isch weiss wo deim Karre wohnt!

Junge, ich weiß, wo dein Auto steht, nimm dich in Acht.

Hier, machstu dem nochma, fick isch dich!

Wenn du das noch mal tust, mache ich dich fertig.

Alder, fass mein Tuss net an, sons schneidisch dich Schwans ab!

Solltest du noch einmal meine Freundin anbaggern, trete ich dir zwischen die Beine.

Laber net son Scheissndreck, sons näh isch dir Mund zu!

Erzähle bitte nicht so einen Schwachsinn, sonst nehme ich dich nicht mehr Ernst.

Isch mach dich Krankenhaus!

Willst du ein paar hinter die Ohren?

Gerne wird auch die Mutter oder die restliche Familie des Gegenübers beschimpft. Nachfolgend erfahren Sie die korrekte hochdeutsche Übersetzung solcher Beschimpfungen. Natürlich will man mit diesen Ausdrücken in erster Linie das Gegenüber selbst kränken und beleidigen – und nicht tatsächlich dessen Familie.

Deim Mutthern is Hurensohn!

Deine Mutter finde ich nicht so toll.

Deim Mutthern stinken!

Deine Mutter ist bescheuert.

Deim Mutthern is Fotzn!

Mit deiner Mutter verstehe ich mich nicht so gut.

Deim Mutthern is Zigeuner!

Deine Mutter ist ein Dieb.

Ah, isch hab deim Omma gefickt, Alder! Un dem andere auch!

Ich verachte deine ganze Familie.

Ich hab deim Mutthern geseht, dem is so hässlich, dem kann in Zoo rein, du Spast!

Deine Mutter sieht momentan sehr schlecht aus.

Übung: Angemessen reagieren

Wie würden Sie schimpfen bzw. drohen, wenn …

… Ihre Freundin mit Ihnen Schluss gemacht hat?

Du bist Fotzn, Alder! Perverseste Missgeburt. Du kriegst eh net mehrn son geilen Typ wie misch, weisstu wie isch mein? Verpiss dich du Dreckspast!

… Ihr Freund fremdgegangen ist?

Hurensohn, isch schwör! Was meinstu wer du bist, du Spast? Meinstu isch mach hier dem gansn Scheissn un du machst mit andere Fotzn rum, oder was? Alder, isch hab immern gedacht, dass isch deim Muschi bin. Perverser Bastard, Alder!

... der Nachbar die Musik zu weit aufdreht?

Hier, du Spast! Deim Musik is scheissn. Dem is genauso scheissn wie deim Mutthern. Du hast eh keim Ahnung von Musik, isch schwör, du Penner!

... jemand Ihre Jacke beschmutzt hat?

Bistu dumm, oder was? Was soll dem, du Spast? Isch schwör, leck dem saubern, sons kick isch dich, du Missgeburt!

... jemand Ihren Parkplatz vor der Nase weggeschnappt hat?

Hier, was geht Alder? Gibstu misch Platz, isch schwör, du Bastard. Meim Karre is eh stärkern wie deim!

... Sie jemand ständig extra anrempelt?

Hier, pass auf, Alder! Produzier misch net! Machstu nochma, steschisch dich ab, Alder!

... Sie jemand zu bestehlen versucht?

Was, Alder? Was? Was soll dem?

... ein Mann Ihre Freundin als Prostituierte bezeichnet hat?

Hier Alder, meim Tuss is net Hure! Isch schwör, isch fick deim Tuss fur swannsisch Euro, du Pennern! Isch schneid dir Schwans ab, du Missgeburt!

... Ihre Miete erhöht wird?

Bistu dumm, oder was? Fur so scheissndreck Bude krisgtu von misch keim Cent mehr!

... Ihr Auto nicht über den TÜV kommt?

Hier Alder, was geht? Bistu dumm oder was? Du hast eh

keim Ahnung von Karre! Weisstu, versäg isch dich im Ruckwärtsgang!

... Sie eine schlechte Mathenote bekommen sollen?

Hier, was? Was gehtn mit dir ab? Isch mach dich fertig, du Spast, Alder! Weisstu, isch reschne wie isch Bock hab, isch schwör!

Schimpfen über etwas

Mann muss ja nicht immer sein Gegenüber beschimpfen. Gern schimpft man auch über eine dritte Person.

Beispiel 1: Alder, meim Tuss is fremdgegeht!

Armin ist sauer, weil seine Freundin fremdgegangen ist. Er spricht darüber mit seinem Freund Rainer:

A: Armin

B: Rainer

A: Hier Alder, meim Tuss is Fotzn!

B: Alder, dem kannstu so net sagen. Dem is deim Tuss!

A: Alder, dem is Fotzn, isch schwör!

B: Warum?

A: Weil dem is fremdgegeht mit andere Typ. Weisstu, dem perverse Bastard aus andere Klasse.

B: Ham dem gefickt?

A: Normal Alder, ham dem gefickt! Meinstu isch bin dumm, oder was?

B: Hast recht, Alder! Deim Tuss hätt isch auch konkret gefickt, ohn Scheiss!

A: Hier halts Maul, du Penner! Kriegstu gleich auf Fresse, weisstu!

B: Alder, mach isch net, isch schwör! Abern dem sieht schon geil aus, deim Tuss!

A: Halts Maul, dem is Fotzn! Dem sieht aus wie Missgeburt!

B: Abern wo du dem neu gehabt hast, hastu selbern gesagt, dass dem geil aussieht!

A: Was hab isch gemacht? Hä, was hab isch gemacht? Garnix hab isch gelabert. Dem sieht scheissn aus un dem is Fotzn, isch schwör!

B: Alder, machstu Ende mit dem Tuss?

A: Isch schlag andere Typ in Fresse rein und sag, dass dem fettes Respekt ham soll!

B: Ja un? Machstu Schluss?

A: Normal du Penner mach isch Schluss, meinstu isch bin dumm, oder was?! Dem kann misch ma, dem kick isch in Orbit, isch schwör! Brauch misch net mehr su rufen, dem Fotzn!

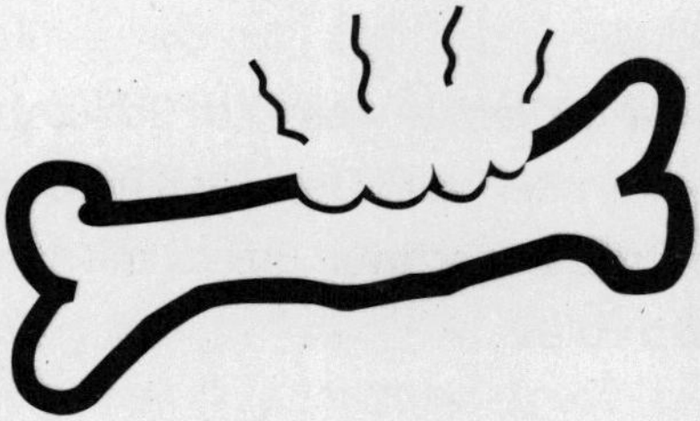

Beispiel 2: Meim Lehrern is scheissn, weisstu!

Meim Lehrern is scheissn, weisstu. Hat misch bestellt su Direks un musst isch Strafe machen, weisstu. Hab isch ganse Nachmittag misch gesetzt im Schulem un hab schwule Arbeit gemacht. Alder, normal, Nachmittag bin ich frei, weisstu! Abern was soll isch machen, Alder? Eh alles voll die Fotzn in Schulem! Weisstu, warum isch Strafe gekriegt hab, Alder? Weil isch su meim schwule Mathelehrerin gesagt hab, dass dem ein Fotzn is! Da is dem sauern gewest un hat misch Strafe gegebt, weisstu! Abern dem is Fotzn, isch schwör. Un jetz is noch viel krassere Fotzn, weil misch Strafe gegebt hat, dem Spast. Alder, brausu net Schulem, weil is eh alles nur Kindergarten, un Direks macht immern nur auf Respekt un so. Dem hat nix drauf, weisstu, is voll uncool drauf. Wenn isch Handel mach auf Schulhof, kommt dem manschma un will misch ficken. Alder, was soll dem? Wo isch letzte mal Mottenbaik auf Schulhof vercheckt hab, hat dem misch auch mit schwule Strafarbeit gefickt, dem Spast!

Alder, dem is fett unkorreckt. Warum können dem gansn Pennern net ma locker un so sein, weisstu, so locker wie isch? Weil andere in Schulem ham auch fettes Respekt bei misch. Abern kann isch nix machen, Alder! Aber weisstu, wenn isch dann so krass fluch un so, weisstu, dann geht misch bessern.

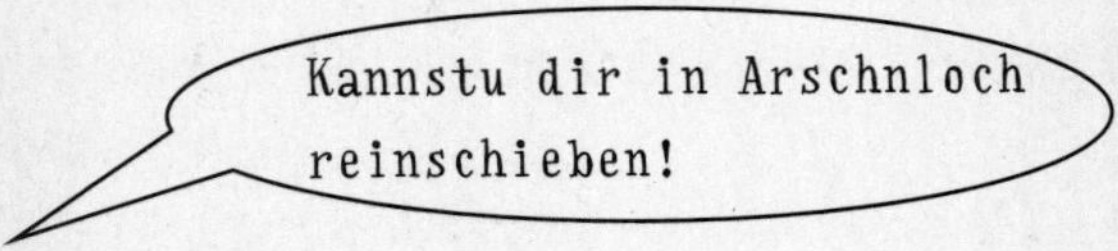
Kannstu dir in Arschnloch reinschieben!

Schimpfen mit Erfolg

Sehen Sie nun, wie Schimpfen und Drohen im Alltag dabei helfen kann, die eigenen Interessen durchzusetzen.

Beispiel 1: Du hast meim Karre gekratzt, Alder!

A: Bernhard

B: Steffen

A: Hier, du hast meim Karre gekratzt Alder, isch schwör, isch steschdisch ab, Alder!

B: Alder, was hab ischn gemacht? Isch hab nix gemacht, ohn Scheiss, isch schwör bei meim Mutthern!

A: Was, Alder? Deim Mutthern fick isch, ohn Scheiss. Du hast dem Karre gekratzt, un isch schwör, isch mach dich Krankenhaus, weisstu!

B: Alder was laberst du fur Scheissdreck? Isch hab nix gemacht, Alder.

A: Du Missgeburt hast meim Karre gekratzt, meinstu isch bin dumm, oder was?

B: Du Spast, isch war dem net!

A: Bastard! Isch hab dem geseht, meinstu isch bin dumm, oder was? Willstu misch verarschn, oder was?

B: Alder, du Missgeburt! Fick dich selbern, weisstu.

A: Was selbern? Deim Mutthern fickt sich selbern!

B: Was? Deim schwule Mutthern fickt sich auch selbern!

A: Alder, deim Mutthern is Hure in Altenheim, isch schwör!

B: Alder, deim Mutthern is Hure wo an Landstrassn rumsteht, isch schwör!

A: Gibst du misch Hunni fur Kratzer, isch schwör!

B: Kannstu dir in Arschnloch reinschieben.

A: Alder, isch schwör, du hast gestern meim Karre gekratzt.

B: Alder, weisstu, gestern war gestern un heute is heute! Verpiss dich jetz!

A: Ok, kann isch wohl nix machen ...

B: Sisstu, Alder! Hastu kapiert jetz! Un mach misch net nochma an, isch schwör, sons hol isch meim Brudern!

Beispiel 2: **Isch brauch Schein!**

A: Arzt

B: Kurt

A: Guten Tag!

B: Hi, was geht ab, Alder? Alles klar, oder was?

A: Ähh, ja. Was haben sie denn für ein Problem?

B: Alder, isch hab voll krasse Schmersen im meim Hals, isch schwör! Isch brauch Schein fur drei Wochen, Alder!

A: Machen sie mal bitte den Mund auf.

B: Ahhhh

A: Ich kann nichts erkennen. Alles ok.

B: Was ok? Alder, isch kann garnet mehr rischtig labern un so, hab voll die Schmersen. Kann net auf Arbeit, weisstu wie isch mein?!

A: Aber sie sprechen doch hervorragend.

B: Was hervorragend? Ich habe Schmersen, verstehstu! Meinstu isch bin dumm, oder was? Ich brauch Schein, Alder.

A: Sie wissen ja vielleicht auch, dass ich sie nicht einfach mal so für drei Wochen krankschreiben darf.

B: Was darf, Alder? Scheiss mir egal, Alder. Machstu Ausnahme, weisstu!

A: Nein.

B: Alder, du bist Fotzn, Alder. Du bist Fotznarzt, isch schwör!

A: Nein, ich bin Allgemeinmediziner.

B: Hier Alder, verarsch misch net, isch schwör du Penner!

A: Hören sie, ich bin Arzt und kein Penner.

B: Alder isch schwör, deim Mutthern is Fotzn, isch mach dich Krankenhaus, ohn Scheiss.

A: Na, nun mal langsam.

B: Alder und deim Mutthern hab isch gefickt und dem

andere auch und deim Vatthern un deim Omma auch, isch schwör!

A: Wie bitte?

B: Deim Oppa hab isch auch gefickt un deim Schwestern is Hurensohn, ohn Scheiss.

A: Verlassen sie bitte die Praxis.

B: Komm Alder, hab isch Spass gemacht, gibstu misch Schein fur ein Woche, weisstu hab isch nämlich au noch Schmersen in kleine Finger.

A: Starke Schmerzen?

B: Net stark. Pervers krass! Isch halt dem net mehrn aus. Isch kann net auf Arbeit, ohn Scheiss!

A: Ok, eine Woche kann ich sie krank schreiben. Aber mehr geht wirklich nicht.

B: Ok, Alder. Woche is korreckt, isch schwör!

A: Auf Wiedersehen.

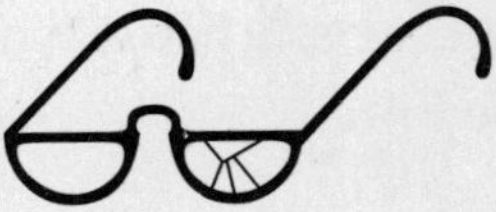

Vorsicht geboten!

Nicht immer kommt man mit Schimpfen oder Drohen zum Erfolg. Bedenken Sie also, wen Sie beschimpfen und welche Nachteile Ihnen entstehen könnten, bevor Sie mit dem Schimpfen beginnen. Seien Sie besonders vorsichtig bei Personen des öffentlichen Lebens, also z.B. bei Polizisten und Richtern.

Beispiel 1: Auf Amt

Alder, war isch gestern Amt, Alder weisstu! Hab isch gewartet sekks Stunden bis isch meim neue schwule Perso gekriegt hab. Alder, was soll dem? Weisstu hab isch geschimpft mit den Pennern auf Amt. Abern dem war dem scheissndreck egal, weisstu, weil muss isch jetz sahlen fumfundert Euro, weil dem Wixern gesagt hat, dass isch dem beleidigt hab oder so. Alder, isch beleidig net, weisstu, isch sag nur dem wo isch denk. Isch mach, wie isch Bock hab, ohn Scheiss. Hab isch dem nur gesagt, dass dem eim schwule Spast is un dass dem seim Mutthern schwule Hurensohn is. Hab isch gedacht, krieg isch Pass schnellern. Scheissndreck. Alder, abern egal, weisstu. Hab isch jetz Pass un muss noch fumfundert Euro Strafe sahlen, weisstu. Dem kann misch ma, dem Spast.

Beispiel 2: Wo is Sug?

Weisstu, war isch Bahnhof, Alder! Hab isch gewartet so pervers lang auf dem Arschnloch Sug, abern dem kam net, un dem schwule Tuss aus Lautsprechern hat immern gelabert, dass dem noch net da is dem Sug, un dass dem Verständis odern so will. Scheiss mir egal, Alder! Dem versteh isch net, weisstu. Bin isch dann su Schaffner auf konkrete Bahnsteig gelatscht un hab dem angemacht, was dem soll. »Kann isch nix machen, Alder!«, hat dem Spast gesagt. Isch schwör dir, da bin isch voll ausgerastet un hab dem angemacht, dass isch dem mit Propellerkick im Fresse reintret, un dem Tuss, dem immern so Scheissndreck im Lautsprechern labert dem Fresse zunäh, wenn dem Sug net kommt, ohn Scheiss! Dann hab isch dem Schaffnern noch gesagt, dass dem eim schwule Wixer is un eh noch net gefickt hat. Alder, weisstu, was dann passiert is? Dem Sug is immern noch net gekommt! Abern dem schwule Schaffnern hat wiedern gesagt: »Kann isch nix machen, Alder!« Da hab isch dem gesagt, dass dem ma fettes Respekt vor misch ham soll, sons kriegt Kick in Fresse rein. Da hat dem

Pennern immern noch nix gemacht und fettes Respekt hat dem au net gehabt. Da hab isch dem dann dem versprochene Propellerkick in Fresse gegebt. Da is dem umgefallt un dem Bullen ham misch auf Wache mitgenehmt. Alder, isch hab misch gesetzt drei Jahre, weisstu, Körpernverletzung un so. Un jetz bin isch Bewährung. Muss isch aufpassen jetz, Scheissn!

Übung: Übersetzung Kanakisch - Deutsch

Übersetzen Sie bitte die beiden folgenden Kanakisch-Texte ins Hochdeutsche. Wenn Ihnen ein Text auf den ersten Blick unsinnig ercheint, lesen Sie ihn noch einmal aufmerksam durch. Bedenken Sie, dass Worte je nach Situation ihre Bedeutung ändern können.

Text 1: Typ wollt misch abrippen

Weisstu, gestern wollt misch Typ abrippen, dem hab isch gleisch Krankenhaus gemacht, dem schwulen Spast, Alder! Hab isch dem gesagt, dass dem Maul halten soll, dem Penner, weisstu wie isch mein? Da hat dem nur dumm geguckt, dem Missgeburt un hat gesagt, dass isch dem an Arschn lecken soll! Un an nächste Tag wollt dem misch wiedern abrippen. Alder, da bin isch voll ausgerastet un hab dem nochma voll in seim schwulen Fresse reingetretet. Dann hat dem Bastard dem Bullen geruft un Scheissndreck ersählt. Dem ham dem Wixern geglaubt. Scheissndreck, jetz bin isch Bewährung, Alder!

Lösung:

Gestern hat jemand versucht, mich zu bestehlen. Den Herren habe ich mir gleich vorgeknöpft und ihm gesagt, dass er so etwas gefälligst unterlassen soll. Er hat mich jedoch einfach ignoriert und am nächsten Tag wieder einen Diebstahlversuch unternommen. Aufgrund dieses wiederholten Vorfalls habe ich ihm eine Backpfeife gegeben. Daraufhin hat der Herr die Polizei gerufen und den Beamten eine ganz falsche Geschichte erzählt. Leider sprachen alle Indizien dafür, dass er Recht hat. Jetzt habe ich dummerweise ein Verfahren angehängt bekommen.

Text 2: Dem Wixern hat misch Scheissndreck vercheckt

Alder, weisstu, hab isch gestern Karre besorgt, weisstu, Megakarre! Hab isch besorgt 190 Benz mit Ledhern, Alder, mit fumfundert PS. Abern dem Wixer, wo misch dem Karre vercheckt hat wollt misch abrippen, weisstu wie isch mein? Dem schwule Spast hat gesagt, dass dem Karre dem besten is wo gibt un hat geschwört, dass dem Karre ultrakorreckt drauf is. Un? Was war? Alder, dem Karre is Schrottkiste, weisstu. Dem gansn schwule Motor is voll Öl un so un Reifen sin voll gefickt, ohn Scheiss. Weisstu, bin isch su dem Spast wiedern hin un hab dem in Fresse reingeschlagt, weil dem misch abrippn wollt, dem Penner! Aber isch lass misch net verarschn, isch schwör! Wem misch abrippt, dem steschischab, Alder!

Lösung:

Ich habe gestern ein Auto erworben. Es ist ein 190er Mercedes mit Lederausstattung und einer Motorleistung von 500 PS. Ich hatte allerdings das Gefühl, dass mich der Verkäufer hintergehen wollte. Er versicherte mir jedoch, dass das Fahrzeug in einem hervorragenden Zustand sei. Später stellte sich heraus, dass der PKW erhebliche Mängel aufwies. Nachdem ich dies bemerkt hatte, stellte ich den Verkäufer erneut zur Rede. Ich machte ihm deutlich, dass ich so eine unorthodoxe Art des Handels nicht dulde und dass ich den Kauf rückgängig machen werde.

Text 3: Meim Ex-Kumpeln

Weisstu, Fotzn sin scheissn, weil kannstu nix mit machen un ham nix im Kopp, weisstu. Abern Muschis sin geil, weil kannstu au ma mit labern un so, weisstu wie isch mein? Dem is konkret korreckt. Fotzn fick isch immern, weisstu, weil könn misch ma. Wenn isch ficken will, weisstu, fick isch liebern Muschis, ohn Scheiss! Den andern is Scheissndreck! Abern weisstu, Tussn sin fur meim schwule Kumpel eh Scheissndreck, weil dem noch nie eim Tuss gefickt hat, dem Spast! Weisstu bin isch hin su dem un hab dem gesagt, dass dem schwul is dem Pennern. Weisstu, was dem Missgeburt misch gesagt hat, Alder? Dem hat gesagt, dass dem escht schwul is, ohn Scheiss! Isch hab dem gesagt, dass isch auch Wixer bin un so un dass isch dem korreckt find, dass dem dem misch gesagt hat, weisstu. Isch schwör, sin wir dann oft in Stadt rumgehängt, un dem war voll geil! Aber dann hat dem Bastard misch abgerippt, dem Spast! Dem fand isch unkorreckt un hab dem Krankenhaus gemacht, weisstu wie isch mein?! Dem kann misch ma dem Wixer. Dem is fette Hurensohn, dem Spast, Alder. Abern weisstu, kann isch nix machen, Alder!

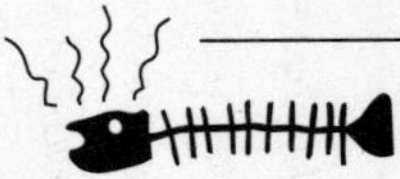

Lösung:

Weißt du, Frauen, die sich nichts gefallen lassen, mag ich nicht so sehr. Ich glaube, dass ich nicht zu solch einer Frau passe. Aber nette Frauen, die auch kompromissbereit und offen sind, mag ich sehr. Mit ihnen kann man angeregt über verschiedenste Themen philosophieren. Das finde ich klasse. Frauen, die sich nichts gefallen lassen, lasse ich abblitzen, sie sind es mir einfach nicht wert. Geschlechtsverkehr kann ich mir nur mit einer netten und intelligenten Frau vorstellen. Alles andere wäre nicht befriedigend für mich. Übrigens sind Frauen für einen meiner Bekannten generell keine Menschen, die ihn in sexueller Hinsicht befriedigen können. Ich habe mich lange gefragt, was mit ihm los ist, da er noch nie eine Freundin hatte. Irgendwann gestand er mir, dass er homosexuell ist. Mich hat es gefreut, dass er es endlich gesagt hat. Dadurch ist unsere Freundschaft (keine Beziehung!) viel intensiver geworden. Doch vor einer Woche hat er mich bestohlen. Das war sehr enttäuschend für mich. Ich habe ihm daraufhin meine Meinung gesagt und ihm die Freundschaft gekündigt. Schade eigentlich.

Deim Tuss/Typ is
Fotzn/Spast!

Der ultimative Schimpftext

Zum Abschluss nun noch ein Text, der die wichtigsten Beschimpfungen und Drohungen vereint. Durch mehrmaliges Lesen können Sie sich spielend die geläufigsten Redewendungen einprägen und sie in den passenden Situationen verwenden. Aber auch lautes Ablesen wirkt Wunder, wenn Sie mal so richtig sauer auf jemanden sind. Probieren Sie es aus, und sie werden sehen, wie gut Schimpfen tun kann.

Hier produzier misch net! Deim Tuss/Typ is Fotzn/Spast, is konkrete/r swannsisch Euro-Hure/Homostrischer, isch schwör! Un deim Mutthern auch. Deim Mutthern stinken auch un is Zigeuner un so hässlich, dass dem in Zoo rein kann, ohn Scheiss! Un deim Omma is Bastard, un dem fick isch un dem andere auch. Un deim Oppa un dem andere fick isch auch, dem Missgeburt! Deim Schwestern is konkret ultraschwule Tuss, wo gansn Tag nur dumm is, ohn Scheiss! Un deim Karre is auch schwul, noch schwuler als deim beide Ommas, isch schwör! Un isch weiss wo deim Scheissndreck Karre wohnt, du Spast! Dem mach isch kaputt, Alder! Un dich mach isch Krankenhaus, du Wixer! Du bist dem ultraschwulste Missgeburt wo isch geseht hab, du Bastard! Du bist konkret unkorreckt, weil bist net korreckt, weisstu! Du siehst scheissn aus, du konkrete scheissndreck Missgeburt! Wixer!

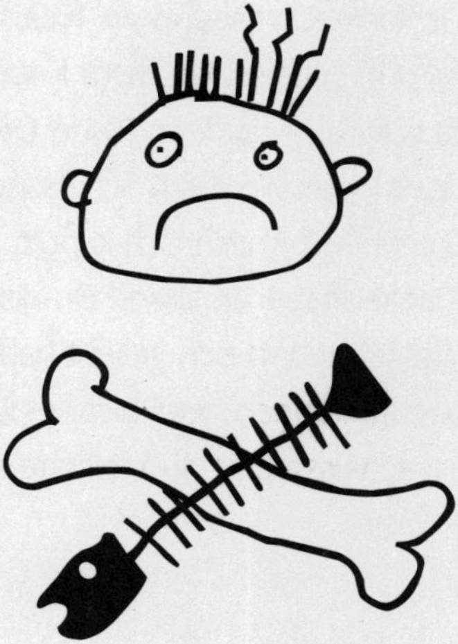